大展好書 好書大展

休閒娛樂

53

幽默樂透站

玄虛叟　編著

大展
出版社有限公司

目錄

第一篇　社會百態

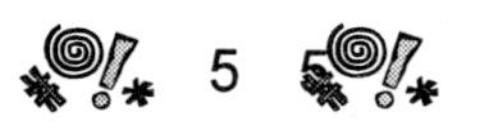

第二篇　校園百態

第一篇

社會百態

◇慈悲心

花卉展覽時，有一對年輕夫婦討論買不買一盆正在吐艷的花。那妻子顯然很想買，努力遊說丈夫。可是丈夫指出她有過一盆類似的花，最近才枯死掉。太太點頭表示同意，然後繼續朝前走。

等她走遠之後，那丈夫便俯身對那盆花悄聲說：「你知道你多麼幸運嗎？」

◇大失所望

在健身器材展覽會上，小娟看見一個少女站在一旁

，手上捧著一大疊傳單，但她只是用眼睛盯著來往行人的臉，卻沒有派發過一張。

小娟走近時，那少女笑著遞了一張傳單給她。小娟謝了她，並因為得到她的特別招呼而感到自豪。

可是，她的開心很快就消失得無影無蹤，因為那是一所減肥中心的傳單。

◇如此翻譯

某人在日本演講，由於聽眾不懂英語，所以也請了一位翻譯。

演講開始了，講者講了十五分鐘後停下來；翻譯說了幾個字後就不說了。講者很奇怪，但仍然繼續演講下

去。十五分鐘後他又停下來，翻譯同樣只說了幾個字，然後微微鞠了一躬。講者更加大惑不解，就請教一位說英語的同事。

那位同事解釋道：「翻譯第一次說的是：『到目前為止，他並沒有說什麼新鮮的東西。』然後他告訴聽眾：『我看他不會說什麼新鮮的東西了。』最後他說：『我完全沒有說錯。』」

◇大麻煩

「媽！」孩子說，「今天，老師問我有幾個兄弟姊妹。」

母親說：「她真有心，她似乎很關心你。」

「我告訴她：父母就只有我一個，老師說『謝天謝地。』」

◇何報劬勞

老秦和太太最近搬家，更換了全部電器。但舊冰箱仍然很新，他們決定把它送給他父母。過了幾天，他母親打電話來說，要給我們錢，算是買那個冰箱。

老秦說：「不要，媽，那是我們送給你的。」

「但是，你們可以把它賣掉啊！」她堅持不肯。

「你聽我說，媽，」老秦說：「就當作我報答你養育大恩好了。」

她靜了一會然後說：「那樣，單是冰箱又不夠了。」

幽默樂透站

◇盡意承歡

珍珍才一歲大，正學講話，她爸爸想讓從老家遠道而來的奶奶驚喜一番，當奶奶跨進大門時，爸爸連忙舉起手裏的奶瓶，珍珍看見了，馬上大叫：「奶奶！」

◇一反常態

老賴搭乘一家以誤點出名的航空公司的客機，飛機從一起飛便很顛簸，越來越不放心。後來駕駛員用擴音器宣佈：

「有個不好的消息告訴大家。我們的班機原定於

五時三十分抵達目地，現在將準時著陸。在座諸位商務熟客，本公司為班機準時降落引起的不便致歉。」

◇說得也是

米奇一家人去逛動物園，大家都想看猴子。很不湊巧，由於正值交配季節。猴子都進小屋裏去了。「給牠花生，牠們會出來嗎？」米奇問動物園管理員。

「如果是你，你會出來嗎？」管理員反問。

◇另類對話

新男友請小莉到一家豪華西餐廳吃飯，小莉一看菜

單，發現凡是她愛吃的東西都很貴。

「你愛我到什麼程度？」她問男友。

他一面繼續看菜單，一面思量問題。「大概比鹼牛肉多些！」他回答，「可是還沒有烤龍蝦那麼多。」

◇如意算盤

一位美麗女郎到店鋪去問布料價錢。

「賣給你，價錢只要一個吻就夠了！」店員說。

「很便宜！」女郎答道，「我買五碼，可是你必須到我家來收錢。」

「那再好沒有！」店員說：「什麼時候方便？」

「隨時都可以，但由我奶奶付錢，她永遠在家！」

◇設想周到

小女孩對她祖父說：「我將來要做醫生，所以我現在要學學生物、化學和數學。」

「要學生物與化學是對的，」祖父說，「可是為什麼要學數學呢？」

「為了開帳單！」女孩回答。

◇榜樣

數月來老江夫婦栽培一株纖弱的花。有一天居然開花了，但有一株野草卻比花高出許多。

「我們必須拔去野草。」老江說。

「千萬不要！」江太太反對道：「我要它為花樹立榜樣。」

◇永恆的帳單

老賴共有四個兒子，其中一個到大城市去經商發了大財，其餘三個則留在老家。

老賴去世時，事業成功的那個兒子因為事忙不克奔喪，便對他兄弟說喪事一定要辦得體面，花多少錢都不要緊，一切的費用由他負擔。

不久，有錢的兒子接到了殯儀館一張五千二百美元的帳單，他如數付了。

可是此後，他每個月都仍收到殯儀館寄來一張二十七美元的帳單，他覺得奇怪，便寫信去問他的兄弟。回信說：「你說過爸爸希望風光入土，所以我們特地去替他租了一套大禮服。」

◇人生變化

二十歲以前，鄭先生除了衣服、傲氣和食慾以外，身無長物。從二十歲到五十歲，鄭先生像喜鵲那樣，一見到喜歡而又買得起的東西，就往家裏搬。

從五十歲到六十歲，鄭先生在家裏，觀賞他擁有的東西。可是從六十歲到七十歲，他發現喜歡的是，把自己的東西送人。

現在鄭先生七十歲了，覺得只有三樣東西是值得保存的——聖經、老花眼鏡和假牙。

◇妙言妙語

麗雅患流行性感冒，叫兒子到圖書館替她借書，由於她要看的那本書已借出，所以她兒子便選了一本他自己喜歡看的書。「這不是你的借書證！」圖書館員說。

「是我媽的。她現在睡在床上，病到不能動！」她兒子說話一向喜歡誇大。

館員瞥了一下書名『田徑賽致勝秘訣』。

她兒子忙補充說：「啊，是的。不過她現在正準備捲土重來呢。」

◇誠實回答

一天晚上，文華想到一家商店去買些東西，但由於不肯定它是否還在營業，便打電話去查詢。

「請問你們營業時間到幾點鐘？」

文華問那接聽電話的小姐，她猶豫了一陣，然後回答說：「十點，但我們在九點三刻開始把臉孔拉長。」

◇語帶玄機

文莉和丈夫做完禮拜，對牧師說他們在接著的兩三個主日將不能來，因為他們會去乘船遨遊巴拿馬運河。

「我幾乎要嫉妒你們了。」牧師說。

「嫉妒是七大罪之一。」文莉丈夫指出。

「我知道，」牧師說，「所以我說『幾乎』。」

◇另類反應

小明對任何含有堅果的食物，都會產生嚴重的過敏反應，為了保護小明，他的母親一再告訴他必須經常小心，在吃任何食物之前，都應該確定裏面沒含對他有害的東西。

小明學會了進食非常小心之後，他母親又開始教他在街上時怎樣保護自身安全。

「假設你放學回家時，有輛車突然在你身旁停下，

」她說：「車上的陌生人手裏拿著巧克力糖對你說：『孩子，你如果上車，這糖就是你的。』那你該怎樣回答？」

小明想了一下，回答道：「我會說：『先生，請你把成分先告訴我。』」

◇烏龍警察

兩個警察同去打獵，其中一個以前從來沒有打過獵，但是他找到了一個很好的藏身處，靠近一條已知的鹿徑。他耐心地等候，察覺有所動靜。一頭白尾鹿從樹叢中走出來，他的脈搏加速跳動。

他從躲藏處一躍而出，向空開了一槍示警，並大喊

道：「不許動，我是警察！」

小鹿安然走開。

◇真　相

春梅下課回家晚了，向媽媽解釋：「是因為一位女士丟了一個五十元硬幣。」

「你幫她找？真是好孩子！」

「不，我踏住硬幣，等她走開。」

◇總有辦法

媽媽事忙的時候，常叫姊姊幫忙煮飯。但她總是煮

得不好；不是生米，就是燒焦了。

有一次請客，姊姊又把飯煮得太生，媽媽生氣地叫道：「飯都不會煮，怎麼嫁得出去。」

妹妹聽到，不慌不忙的說：「不忙，到時候生米已煮成熟飯了。」

◇減肥計劃

小邱的母親展開一個超級的節食減肥計劃，小邱擔心她會做得過分，便設法勸阻，說那個計劃太嚴格，「你簡直是在自殺！」

「你說的也許對！」她嘆氣道：「可是自殺後至少可以用副較小的棺材。」

幽默樂透站

◇說得也是

五歲兒子向老何說：「爸爸，我長大了要和奶奶結婚。」

老何說：「那不可以，因為你的奶奶是我的媽。」

他想了一會，接著問：「那你不是和我的媽媽結婚嗎？」

◇一目瞭然

同事們經常從快餐店買東西回辦公室吃。一天，把選好的食物告訴負責去買的麗珍，她用自動黏貼的條子

一一寫下來。

到了快餐店，麗珍發現條子不見了，正當她預備憑記憶點叫時，收帳員正把她要買的食物絲毫不差地說了出來。麗珍大為驚異地問：「你怎麼知道的？」

收帳員回答：「妳把條子貼在胸前了。」

◇原來如此

彼得帶一批同業參觀他就職的汽車廠，一個青年走來加入他們的行列。他對汽車廠的設備極為讚賞，不斷發問。看過電腦系統示範後，他對汽車廠擁有的大量資料深感詫異。彼得對他說：「相信你們廠裏一定也有類似的設備吧？」

「哎呀，你弄錯了，」他回答道：「我是來求職的。」

◇專走後門

下雨了，媽媽吩咐兒子給爸爸送傘去。兒子挾著傘，在爸爸單位的後門口等候。可是等了半天，也不見爸爸的影子。兒子懊惱地回家，誰知爸爸已在吃飯了。他不解地問：

「我一直在後門等，怎麼不見你出來啊？」

爸爸說：「我上下班都從前門進出的！」

「那麼，人家為啥都說你老走後門？」

◇一個好人

我們中午都買便當吃，只有一個同事從家中帶飯來。他走開的時候，我們總是把他的午餐吃掉。

一天，他又走開了，我們興沖沖地打開他的餐盒，但裏面是空的，只有一張條子：

「對不起，朋友們，我太太回娘家了。」

◇精打細算

富商的女兒出嫁，新岳父跟女婿懇談。「我非常疼我的女兒，你做我的女婿我很開心。為了表示我們現

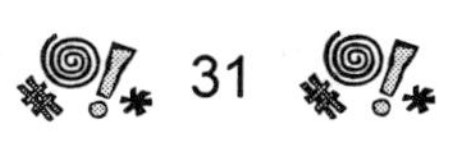

在是一家人了，我打算把一半生意分給你，你只要每天到工廠去學習業務就行了。」

女婿打斷他的話：「我討厭工廠，我怕吵。」

「啊！」岳父回答：「那麼你到辦公室工作也一樣，可以管點業務。」

「我討厭刻板的案頭工作，不想整天待在辦公室裏。」

「且慢！」岳父說，「你拿了我一半生意，可是既討厭工廠，又不願意上班，你要我怎麼辦？」

「簡單得很，」女婿說：「你把我那一半生意收購下來好了。」

◇老得快些

剛到任的新職員和一位資深同事傾談起來，問他喜不喜歡在這公司工作。

「喜歡得很，」老同事回答，「在這裏工作，不僅有很好的退休福利，還能使你老得快些。」

◇一比高下

莉莉在商場新開了一家餐廳，開張那天莉莉在廚房裏幫忙。到了午餐時間，莉莉他們所訂的乳酪蛋糕還沒有送來，這時剛巧有客人點了一客乳酪蛋糕做甜點，莉

莉情急智生，偷偷從後門溜到隔壁的糕餅店買了些回來，在廚房切了一片拿出去給客人。

關門後，莉莉他們一起檢討當天的工作。

「午餐時間發生了一件事，你們一定有興趣知道，」負責收帳的職員說：「隔壁糕餅店的老闆娘來光顧，要了一片乳酪蛋糕，說要和她店裏的比較一下。」

◇得寸進尺

馬丁在汽車加油站工作，一天，有個男人開車進入他的加油站，面帶愁容地說他身上一文不名，但車裏的油已用盡，而他卻有急事必須繼續上路。

馬丁非常慷慨，答應送他十公升汽油。

那傢伙躊躇了一會，然後問道：「你能不能給我現金？對街加油站的汽油比較便宜。」

◇任勞任怨

新的勞工法例開始生效，小董和小陳分別獲得四天假期。

小董：「假期打算怎麼消遣呀？」

小陳：「哦，在家洗衣服，照顧孩子，煮飯……」

「怎麼，你太太哪裏去了？」

「放假去了！」

「……………」

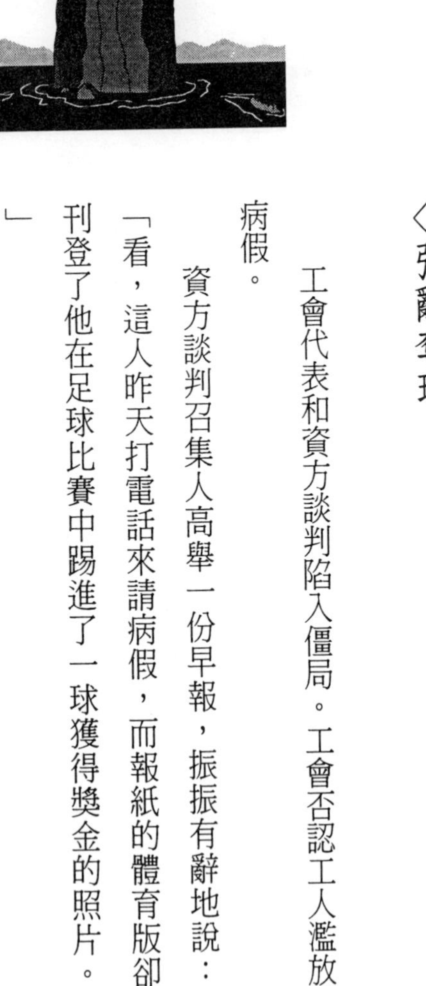

◇強辭奪理

工會代表和資方談判陷入僵局。工會否認工人濫放病假。

資方談判召集人高舉一份早報，振振有辭地說：「看，這人昨天打電話來請病假，而報紙的體育版卻刊登了他在足球比賽中踢進了一球獲得獎金的照片。」

大家一時無辭以對。

一位工會代表終於打破沈默。

「真棒！試想，如果他不是生病的話，可以多踢進幾球！」他說。

◇勞資淺釋

「我對『資本與勞力』這個問題，還是弄不清楚！」某人在聽了關於這個問題的演講後對朋友說。

「那太容易了，」朋友說：「你有十塊錢嗎？」

「有。」

「那麼請你交給我。這就是資本。」

「勞力又如何？」

「勞力就是，你設法把這筆資本從我手上拿回去所要做的事情。」

「…………」

◇免費酒巴

一個傢伙進了酒巴，叫了一杯威士忌酒，喝完起身就走。酒保大聲喊叫：「嗨，先生，錢呢？」

那人回答：「付過了。」接著就出了酒吧。

跟著另一個人走進來，叫了一杯威士忌，喝了就走。酒保向他要錢，那人也說錢已付了。

隨後又進來一人，叫的也是威士忌。「你知道，」酒保說：「剛才有兩個人進來，跟你一樣叫威士忌。喝了就走，硬說已經付帳。居然有這種事。」

「不要嘮叨，」第三個人低聲催促著說：「趕快找錢給我！」

◇時不我予

中國大陸某知識分子經常四處講學，旅途上頗感寂寞，因為眼下中國人時興賺錢，火車旅客談的都是經商事，誰也不想和一個窮教授搭訕。

有一次，鄰座有個男士拿著本莎士比亞詩集在看。知識分子大喜，心想這下可有個同道了，便與那人攀談。可是那人只顧埋頭看書，一句也不開口。

火車到站，那人如釋重負，對知識分子說道：「我是經商的，身上帶了很多錢，怕被搶劫才裝作知識份子模樣，因為誰都知道知識分子最窮。」

幽默樂透站

◇急中生智

公司正給一座公寓大樓清洗外牆的玻璃窗，一個工人不經心地開始洗一家不在顧客名單上的公寓窗戶。

屋主跑出來喊道：「我可沒叫你們洗窗戶，我是不會付帳的！」

那工人靈機一動，答道：「沒關係，每次我們在這座大樓工作，都會免費為其中一家服務，好讓住戶看到沒請我們服務有多可惜。」

他的急智不僅替公司爭取了一名新客戶和想出了一個新的推銷噱頭，也替自己贏得了加薪的獎勵。

幽默樂透站

◇以後再來

求職少年獲得僱用，經理告訴他月薪數目，說以後會增加。那個少年毫不躊躇地說：「既然如此，我以後再來。」

◇內舉不避親

工廠老闆在會上宣布任命一位新經理，然後說道：「我們工廠最能論功行賞，誰有特殊表現，誰就會獲得額外升級。你們瞧，我們的新經理參加工作才半年，就有了很大貢獻，所以，我越級晉升他為經理。現在讓

我祝賀他升級。」

新經理站起來和工廠老闆握手，接著說：「謝謝你，爸爸。」

◇存心不良

木匠在學徒協助下，二人共同修補客戶的地板，修了好久還沒有修好。

有一天，老木匠不在場時，客戶問他的學徒什麼時候可以完工。

「我師傅正接洽另一件生意，」學徒回答：「假如我們能夠接到，明天就可以完工，假如接不到，什麼時候完工那就天曉得了。」

◇油嘴滑舌

房子求售已有相當時間，認真想買的人終於出現。看房子時一切順利，最後到了後院時，經紀人力言後院如何可愛。

她指著那裏的小工具棚，起勁地說：「既可堆放蒔花工具，又可貯放孩子的腳踏車，瞧，多麼寬敞！」

但她把工具棚門一打開，就有隻小老鼠跑了出來，工具棚裏有老鼠本不稀奇，只是小老鼠後跟著出現一隻大老鼠，在那有意買房子的人面前速躥帶跳。

那預備買房子的婦人還沒來得及尖叫，經紀人便說：「再想一想，你的貓在這兒會多麼得其所哉！」

◇名副其實

小季問朋友：「我想辦一家老人院，你認為取什麼名字最好？」

「就叫『百老匯』吧。」

◇遙遙無期

布希問上帝：「我的人民何時可享幸福無慮的生活？」

「五十年後！」上帝回答。

布希淚流離去，葉爾欽也問上帝：「我的人民何

時可享幸福無憂的生活？」

「一百年後，」上帝回答。葉爾欽流淚離去。接著，鄧小平問上帝同一問題，上帝不答，流淚離去。

◇歪打正著

週末假日，湯尼這個海關人員特別忙，數不盡的汽車排在邊界等湯尼檢查，問他們有沒有攜帶應課稅的物品，然後叫他們打開車後的行李箱。

一個駕駛人抬頭望著湯尼問：「你說的是車前的行李箱嗎？這是一輛福斯汽車，行李箱在前面，引擎在車後。」老李當然不肯認錯，鎮定地說：

「我要檢查的正是汽車後面那一部分。」

「可是後面是引擎啊！」他還在申訴。

湯尼沒有出聲，等他滿不願意地下了車，走到後面把車蓋掀起，引擎旁邊赫然藏有兩瓶用錫箔包著的闖關漏稅的酒。

◇皆大歡喜

上帝叫天使裝修天堂大門，天使將願意承辦的人找來問話。

「我是木匠，」第一個人說：「我可以替你把破門修好，只要五百元。」

「讓我想想看，回頭再找你！」天使回答。

第二個人說道：「我是電氣工人，我知道你們要怎

樣裝飾大門——我替你們裝閃亮的霓虹燈，全部工本只要五千元。」天使聽了嘆一口氣道：「價錢太貴，回頭再找你。」

接著天使詢問第三個人。「我是承包商，」那人道：「你出兩萬五千五百元，我給你修好。」

「什麼！」天使叫了起來，「兩萬五千五百元？」

「對！」承包商說道：「一萬元歸你，一萬元歸我，五千元給電氣工人，剩下的五百元給修門的木匠。」

◇一物二用

顧客走進一家服裝店，對女店員說：

「我要換昨天你賣給我的圍裙。」

「可是你穿起來不是非常合身嗎？」

「不錯，」顧客說：「但是，我丈夫用卻有一點點緊。」

◇答非所問

股票交易所的經理對員工說：「快買B牌牛奶。它的價格一定上升！」

一個員工答道：「在四十元五角時，我已大量購入了。」

旁邊的經理太太高聲喊道：「你們都比我慢了一步，在三十元八角時，我已大量入貨！」

「在哪裏購入的？」經理帶點羞怒地問。

「在樓下的超級市場！」經理太太露出得意洋洋地神態答道。

◇的確如此

幾年前老婦走進克里姆林宮，堅持要見總書記。戈巴契夫接見了她，問她有什麼需要他幫忙。

「我有個問題向您請教，」她說：「發明共產主義的，是政治家還是科學家？」

「政治家。」戈巴契夫說。

「怪不得，」老婦說：「如果是科學家發明的，他會先用老鼠來作實驗。」

◇異想天開

岳父想自己動手將後院整修一番，開車到磚廠中去買磚塊。他問售貨員磚價如何。

售貨員說：「買得越多，價錢越便宜。」

「是嗎？」岳父答道：「那麼儘量往我的貨車上裝，裝到不用付錢為止。」

◇多說無益

職員向主任抱怨說，他在公司工作已十年，一直以來一個人做三個人的工作，因此要求加薪。

主任聽了，說道：「我恐怕沒法答應你，不過，請你告訴我另外兩個人是誰，我今天就辭退他們。」

◇一路長紅

小季：「中共老說『經濟現代化』，但報上說它的經濟預算赤字非常龐大。」

小張：「你真是大驚小怪。中共無論什麼東西，都是越紅越好嘛！」

◇互為因果

山姆在一個小汽油站給汽車加滿汽油之後，把信用

卡遞給服務員。
「我們不收信用卡。」她說。
山姆手掏錢時，順口問她：「為什麼？」
「我們沒有信用卡機。」她答。
「為什麼沒有信用卡機？」山姆問。
「因為，」她聳聳說：「我們不收信用卡。」

◇弦外之音

公司主管：「小張這個禮選得頗稀奇，竟然送我一束花苗。」
秘書小姐：「他的意思就是，要請您『多多栽培』呀！」

◇助人助己

擔任某國三屆總統的貝隆常說，他一感到不適就會去看醫生，讓醫生賺錢繼續好好地生活。然後他會到藥房去配藥，使藥劑師賺錢，讓他繼續好好地生活。最後他會把醫生的忠告和藥劑師的藥丟到垃圾桶裏，以便自己能繼續好好地生活。

◇問題所在

「你在那家工廠的新工作怎麼樣?」某甲問某乙。

乙：「我不去了。」

甲：「為什麼？」

「理由很多，」乙答道：「懶散，工作馬虎，說話帶髒字……他們受不了我。」

◇無權選擇

老賴工作的人壽保險公司要求經紀人出席很多資訊會議。有一次，一個他們已經聽過他講演的人再度應邀到會演說。

全體人員都接到了出席通知，因此，會議廳裏座無虛席。那位講者說：「大家這樣踴躍參加，我很感動，真不知道用什麼字眼來形容才好。」

後座有人大聲說：「就說『無權選擇』如何？」

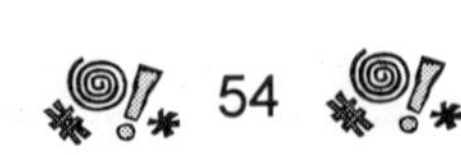

◇敏感問題

瑪麗今年二十九歲，母親總是擔心她嫁不出去，四處託人介紹，弄得瑪麗也緊張起來，最害怕別人提起年齡的事。一日上班，瑪麗拿文件給她的上司批閱。

經理簽寫文件時忘記了日期是幾號，便順口問：「瑪麗，三十了吧？」瑪麗頓時羞得滿臉通紅：「經理，我剛二十九，還未滿三十呢！」

◇女強人

太太對丈夫吐露心事：「我真希望能成為一個女

強人！」

「我看你已經是了。」丈夫答。

「怎樣說？」太太奇怪道。

「你不是常愛做『強人所難』的事嗎？」

◇環保新解

為了響應環保運動，我們公司鼓勵職員對資源回收多加留意，貼在電梯裏的海報列舉出每個家庭用品需要多少時間才能分解：「報紙——九十日。」「鋁質罐頭——一百年。」

有位同事比誰都更精通分解主義，他在海報上寫道：「薪資——不出一日！」

◇童言童語

冬至過後，四歲的小女兒告訴我：「媽！我們幼稚園裏已經有小朋友七歲了。」

依台灣習慣，吃過冬至湯圓，就算長了一歲，於是我問：「是不是吃過湯圓才七歲？」

「不，他只吃飯就七歲？」

◇躍躍欲出

同事給了麗玲一隻小貓。麗玲在小吃店找了一個裝巧克力葡萄乾的盒子把牠放在裏面，把盒子鬆鬆地綁起

來之後，抱著盒子走向電梯。

一個全副軍裝的年輕海軍陸戰隊員，跟麗玲一起進了電梯間。使麗玲難為情的是，那隻小貓又抓又叫地想從盒子裏出來。

海軍陸戰隊員筆直地站著，既不左顧也不右盼，一本正經地說：「小姐，你盒子裏的葡萄乾想出來。」

◇迷路老翁

老翁坐在公園長凳上哭，警察看見了，問他發生什麼事。「我今年七十五了，」老翁哭泣道：「我家裏有個二十五歲妻子。她長得美麗嫵媚，還瘋狂地愛我。」

「那有什麼問題？」

幽默樂透站

「我不記得我住在哪裏！」

◇自作聰明

電視製片老賴記得演員老李常提到他的一次經歷：

他在台南一家旅館，聽見遠處有兩個老婦人指指點點耳語，他決定走上前去向他們問好。

他走開時聽見其中一個說：「你瞧！我常看他做的電視節目，所以他以為認得我呢！」

◇找自己

上司要找一名下屬，匆忙中錯撥了秘書的電話號碼

。她接聽後把話筒舉起，向他打手勢。

「是找我的嗎？」上司問秘書。

「不是，」秘書回答：「是你打來的。」

◇遵約而行

老許開車送兒子去練習籃球時，趁機會向他強調老爸是多麼重視他的安全。

「你坐朋友的便車時，如果他橫衝直撞，你就叫他把車開到路邊，讓你下車，」老許對兒子說：「不管是白天還是黑夜，也不論是什麼因由，我都一定會來接你的。」

後來，老許轉彎時不慎撞到了路邊的鑲邊石。兒子

一本正經地望了望，說道：「請你把車停在路邊，爸爸和我也有同樣的協定。」

◇差不多了

工地監督來時，老李和搭檔正在安放一塊大木。

「放平了嗎？」他問他們。

老李的搭檔回答：「差不多了。」

「你說『差不多了』是什麼意思？」監督大發雷霆：「我要那塊木料放得四平八穩，分毫不差。」說著他大踏步走開了。

過後不久，他們總算把木料安放好了。監督回來匆匆檢查過以後，走到他們身邊說：「行了，差不多了。」

◇前因後果

獸醫診所經常寄信給寵物主人，提醒他們如期帶寵物來注射防疫針。有位女士帶德國牧羊犬來注射狂犬病預防針，獸醫循例問她牧羊犬在過去十天可曾咬過人，她答道：「咬過。老實說，這就是我來的原因。」

獸醫：「還以為妳是接到我們的信才帶牠來的。」

她解釋：「的確是，牠咬的便是送信來的郵差。」

◇郵件烏龍

老江辦公室附近的郵筒裡信口很小，不能投進大的

郵件，他只好每天傍晚都在郵筒前，等著把當天要寄的郵件直接交給郵差。

老江忍受不了麻煩，打電話向郵局投訴。郵局人員斷然說沒有必要更換較大投信口的郵筒。

「你怎麼不能為投遞者的便利著想？」老江問。

「那郵筒裏面從來就沒有大封郵件。」

◇時鐘口吃

「幾點鐘了？」丈夫夜歸，起了疑心的太太睡眼惺忪地問道。

「大概是一點！」丈夫回答。

就在這時，時鐘敲了三下。

「啊呀！」他大聲說：「從什麼時候起那隻鐘口吃起來了！」

◇果然新鮮

「這條魚新鮮嗎？」

「這個還用問嗎？」魚販答道：「你只要對牠作人工呼吸，牠就能再游水。」

◇謹此奉告

牙科醫生對病人說：「壞消息是你的牙齒上有三個洞。好消息是你鍍的金，價值已高到了以前的三倍。」

◇富貴在手

甲：「十年前我去算命，算命先生說我將來會大富大貴，而且富貴就在我手中。」

乙：「結果怎樣？」

甲：「唉，我昨天去看皮膚科醫生，也說我得了『富貴手』。」

◇過分需索

「我開始認為我的律師只知道要錢。」

「你何以有這種想法？」

「他向我索取五百元諮詢費，說是因為他半夜醒來時曾想過我的案子。」

◇有口難言

陳正芬獲親戚遺贈一襲名貴皮裘，她很神氣地穿它去教堂。有人問她：「是什麼可憐動物送了命，妳才能穿到這皮裘？」

她怒視對方說：「我姑母。」

◇誠實不欺

李峰在醫院小住數日後，收到一份調查表格要他對

醫院的許多服務發表意見。大體上他給的都是高分，只是在「其他意見」欄內他寫道：

「我一向誠實不欺、奉公守法的主要原因，是害怕監獄的伙食跟你們醫院的伙食一樣！」

◇進入情況

三個兒子小的時候，有一個不會數數目。吳全來想幫助他，就把一張紙撕碎，每人給一塊碎紙，對他們說：「就當作是冰淇淋。」

然後他把碎紙一塊塊收回來，嘴裏數著「一」、「二」，然後…：「小強，你的呢？」

「吃掉了！」小強回答。

◇限制時間

餐館裏一位等得不耐煩的客人大聲問服務生：「小姐，我是不是要餓著肚子在這兒坐一整晚？」

「不會的，先生，我們九點鐘就打烊。」

◇越來越遠

有個人找到一份工作，在公路上髤上黃線。第一天他髤了二十公里，工頭說：「很不錯，繼續努力我就會給你加薪。」

第二天，那傢伙只髤了十公里，工頭說：「十公里

比不上二十公里好，不過你繼續好好的幹吧。」

第三天，他只鬆了二公里，於是工頭把他叫去，說道：「你先是一天鬆二十公里，接著是十公里，最後是二公里。既然你不好好的幹，那我不得不把你開除。」

那傢伙在離開時，嘴裏咕噥著說：「可是那並非我的錯。每一天，我離開漆罐總是越來越遠。」

◇有聲有色

妻：「婚前，你不是說要讓我過有聲有色的生活的嗎？怎麼現在的日子都那麼寂寞無聊。」

夫：「客廳裏不是擺放著立體四聲道音響和彩色電視機嗎？」

◇有眼無珠

上校到軍中廚房作例行視察，看見兩名炊事兵在抬著一個裝得滿滿的大湯鍋。

「讓我嘗嘗看。」上校喝道。

他隨手拿起一柄大杓，舀了一杓熱氣騰騰的湯水，喝了一大口，只見他隨即就把湯水全部吐出，然後怒吼一聲，聲音響得在司令部裏都聽得見。

「你們管這個叫湯嗎？」他咆哮道。

「不，長官！」一名炊事兵解釋。「那是洗碟子水，我們正要抬出去倒掉。」

◇聽得入迷

爸爸在床邊給幼子讀故事，見他打瞌睡，正想把書本拿開，他半醒半睡地說：

「不要停，爸爸。有時我的眼睛睡了，耳朵不睡。」

◇軟語溫存

秋美和丈夫買了他老家的農舍，預備作他們退休後的住所。整整忙了一個週末做洗刷、油漆、換舊壁紙等體力勞動後，他們終於上汽車回家。

秋美鬆一口氣，揉搓著痠痛的肌肉說：「我真的沒有從前那樣年輕有勁了。」

「不，妳還是那麼年輕有勁，」丈夫答道：「只是不像從前那樣持久了。」

◇踩到舌頭

小女兒嚼口糖，不小心咬到了舌頭，痛得眼淚都掉下來了。媽媽問她怎麼了，她說：「我的牙齒不小心踩到我的舌頭了。」

◇如法炮製

父親：「我想我該出去向藍熙的男朋友道個晚安

。他來了很久了。」

母親：「可是，別忘了我們年輕時是怎樣。」

父親：「你這話提醒了我！我要他滾出去！」

◇弦外之音

孩子：「媽！昨晚夢中見到屈原，說那些蝦兵蟹將吃了那麼多年的粽子，已經厭了，希望換些新口味，叫你別再包粽子了。」

母親：「那麼，屈原有沒有說那些蝦兵蟹將喜歡吃些什麼？」

孩子：「牠們喜歡吃巧克力冰淇淋、漢堡、炸薯條和雜果冰。」

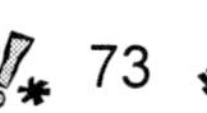

◇居高臨下

一位工地青年去看電影，其中一場戲是女主角出浴，他突然站起來，隨即又坐下來，自言自語道：「難怪樓上的票價比樓下貴。」

◇天真反應

賴先生五歲的孫子在他家渡假。這天下雨，他們決定看電視的卡通節目。

孫子非常興奮，脫口大喊道：「爺爺的電視機真棒！爸爸的只放映棒球賽。」

◇今　天

早餐桌上，三歲的女兒問父母這是不是明天，母親解釋說：「這是今天，昨天我們才叫今天做明天；明天來了的時候也叫今天。」

這當兒，五歲的女兒悄悄對她妹妹說：「我想她也不知道自己在講什麼。」

◇髮之詩

江銘誠發現自己長出了第一根白髮，於是把這根可惡的白髮拔下，用膠紙貼在信紙上，寫信給雙親道：

「親愛的爸爸媽媽，你們看著我從呱呱落地到長大成人，或許現在你們也不想錯過這個。」

不久，銘誠收到他爸爸回信，題為『髮之詩』：

「韶華易逝，青春難再，
一根白髮，幾許無奈……」

他在信的結尾又寫了這樣的按語：「你寄來的那根白髮，並不是你給我們的第一根白髮。撫養你的時候，你已給了我們很多！」

◇莫名所以

岳祖母第一次到台北來，走到郵政總局前時，妻子指著「北門」對她說：「這是古代的城門。」

只見她老人家端視了一會說：「蓋得還蠻結實的嘛！不過，既是城門樓子，為什麼要蓋在大街上？」

◇報應不爽

「報應，真是報應，」老祖母指著電視機對孫女說：「這個人昨晚幹盡了壞事，今天終於得到了報應。天網恢恢，果真不錯。」

孫女告訴她道：「奶奶，昨晚他演的是另一部電視劇呢。」

老祖母嚴肅地說：「上天的報應就是這樣，你在這件事上喪盡天良，可能在另一件事上得到報應。」

「……………」

◇豁然開朗

鄰居的母親接受白內障切除手術後回家，坐在可以眺望湖景的大玻璃窗前。

「媽，你覺得景致可有什麼不同嗎？」

「當然不同！」她母親回答，「你以前從來都不抹窗的嗎？」

◇經驗之談

一對夫妻在討論新居的佈置。

丈夫說：「我過的橋比妳走的路還多呢！聽我的準

沒錯。」

「誰說的？你過的只是獨木橋，我走的可是高速公路。」妻子不甘示弱地說。

◇叫做女生

二歲的克強，頭一天上幼稚園托兒班，放學後回到家裏時，祖父問他：「上學開心嗎？」

「是的，很開心。」克強回答。

「有沒有認識一些朋友？」

克強點頭表示認識。

「他們叫什麼名字？」祖父問他。

克強想了一會道：「我猜他們都叫做女生。」

◇程度相同

妹妹打電話到二姊家說：「明晚我在家請客，不知道弄什麼菜好。」

二姊給她建議了幾樣簡單易弄的菜式，一方面奇怪她為何不去請教精於廚藝的大姊。

妹妹回答：「因為我知道，只要是二姊會做的菜，我也一定會。」

◇不解風情

劉俊吉為人木訥寡言，不擅交際，雖年逾三十，仍

羞於在異性面前表露感情，所以至今還是單身漢。目前同事給他介紹了一位女友，不久，那位小姐跑來向同事抱怨無法忍受他的冷漠。

有次他們一起出去逛街，忽然下起雨來，為了再給劉俊吉一次示愛的機會，她偽稱沒帶雨傘。

「真的嗎？」劉俊吉說：「幸虧我聽了氣象預報，所以帶了兩把傘。」

◇依樣葫蘆

宏文天天慢跑已經繼續了一年左右。有一天他正在做熱身運動預備起跑時，看見一個人正做伸腰運動。那人坐在汽車裏，一條腿在車上，一隻腳踏在車外地上。

宏文望著他把頭垂得幾乎觸及地面不動。

宏文回到自己的車上依樣葫蘆，彎腰低頭時，感覺到慢跑影響不到的肌肉在伸張，對此發現沾沾自喜。

跟著宏文聽見那人高聲對他妻子說：「鑰匙找到了！原來還在汽車下面。」

◇幫助別人

母親對六歲的兒子解釋了「己所不欲，勿施於人」的道理後，說道：「你要記住，我們到這個世界來，是為了要幫助別人。」

孩子想了一會兒，問道：「那麼別人又為什要來世界呢？」

◇妙用無窮

女兒生下第二個孩子後，母親送給她一個嬰兒圍欄。不久，母親收到女兒的信：「謝謝您的圍欄。我每天下午坐在裏面看書，小孩都沒接近我。」

◇帶鍋紮營

爸爸和朋友去遠足紮營，帶了一隻舊電鍋當普通鍋，放在火上使用。離開營地時爸爸用電線把電鍋捆好，紮在背囊外面。在叢林深處，他們遇到另外兩個遠足旅行者。雙方擦身而過後，爸爸聽到其中一人竊笑說：

「他們到哪裏去找插座?」

◇再接再勵

高家姊妹三人同在一家公司服務。姊妹中，么妹長得最好看，其次是老二，再其次是老大。

休閒時大夥閒聊，蘇先生突然直打量著三姊妹，然後有感而發說：「大姊是試驗品，二姊是精樣本，么妹是藝術品。」說畢一片嘩然。

◇音同義異

李家搬到新居後，常有人找葉姓舊住客的電話。一

天晚上，已經十點多鐘了，有個電話打來要找「葉先生」。妹妹接電話，她說：「啊！對不起，他家搬了。」

對方顯然很驚異：「什麼？他加班到這麼晚還沒回來嗎？」

妹妹聽得有點糊塗，就解釋說：「他家搬了已經一個月了。」

對方更加驚奇得大叫道：「什麼？他加班已經一個月多？」

◇懼高症

馬太太：「聽說陳先生過了年又升職了，人家年年高升，你呢？」

馬先生：「太太，你不知道我有懼高症嗎？」

◇同樣奶品

電視播映某牌子的牛奶廣告，小蔡告訴他妹妹，他有個同學的媽媽是在那家牛奶廠當高級行政主任的。

有一天，同學來小蔡家作客，閒談時她不經意地問起小蔡喝哪種牛奶。妹妹衝口而出說：「不就是你媽媽產的那種奶。」

◇真假難分

牙醫：「你看，我給你裝的假牙看來就和真的一

樣。」

病人：「但是，也和真的一樣常常發痛！」

◇愛國者

大衛在法國駕車遊覽完畢，準備繼續取道前往德國遊玩。但是走了幾條彎路之後，便迷了路，查閱地圖，也不能確定自己身在什麼地方。後來，把車開進一個加油站，高聲詢問一位顯然是本地人的加油工人。

「對不起，」大衛說：「請問我還要開車多久才能離開法國？」

那工人立即怒氣沖沖地反問：「法國有什麼不好？」

◇積極思想

兩個朋友在討論積極思想的重要。志明堅持凡事必須向好處看，還引述了一句他視為座右銘的話：

「阿強，你必須記住，我們心想自己會怎樣，就會怎樣？」

「哎呀！」阿強衝口而出地說：「那我準會變成一個女人！」

◇新鮮牛奶

農夫每次到養老院去看他父親，總要給他帶一瓶加

了一點白蘭地酒的新鮮牛奶。老人從來沒有說什麼，但是有一天他要兒子幫他個忙。

「當然，幫，」農夫回答，「什麼事？」

「千萬別賣那頭牛。」

◇白費心機

有一次良坤搭車從台中到水里，鄰座是一位清秀的女孩。車子甫發動，她就熟練地從隨身皮包裏掏出原子筆，在左手背上認真地畫了起來，良坤不經意看到她左手背上畫的符號是「♂」，感到很好奇，但不敢貿然問她那代表什麼意思。

良坤終於鼓起勇氣，指著那符號問是什麼含意，她

大方地笑了一下，解釋說，她因為生性糊塗，搭車時常把東西忘在上面的行李架上，所以想出一個奇招：在手錶旁邊的手背上畫上這麼一個符號，就會想起行李架上自己的東西了！

良坤不禁問她：「真的有效嗎？」

她答得妙：「我常忘了看手錶！」

◇時間問題

黃先生在城市長大，最近搬到鄉下去居住，對鄉村生意人的待客之道很不習慣。

他向一家商店租用一部旋轉碎土機時，店主除向他解釋機器的使用方法外，還聲明租金是按租用人實際使

用的時間，而不是租用的時間計算的，朋友看見機器上並沒有任何計時的裝置，便問店主道：

「你怎麼知道我用了多久？」

店主聽了他的問題，大感困惑，反問道：「難道你不會告訴我嗎？」

◇男生女生

瑋瑋三歲半，對男女性別仍不大分得清楚。

一天，爸爸摟著他教他說：「爸爸、哥哥是男生，媽媽、妹妹、阿姨是女生。」一番「分門別類」教導之後，他似乎終於弄明白了。

於是爸爸問他道：「瑋瑋是男生還是女生？」

「瑋瑋是媽生！」他非常堅定地回答。

◇禍不單行

辦公室的電腦系統故障頻生，凱茜因此堆積了不少工作。有一天，她加班趕工後開車回家途中，有個警察把她攔了下來，說她開快車。

「我這一天真倒楣。」凱茜一肚子怨氣地嚷道：「公司的電腦一會兒好，一會兒壞，好了又壞，壞了又好。我下了班還得趕工，現在又碰上這個！」

警察沒有理會她的牢騷，逕自走到他的汽車去開罰單。過了好久之後，他才拿著她的駕駛執照回來還給凱茜，嘆氣地說：「我們的電腦壞了。」

◇可憐樹

五歲的文雄瞧著花園裏的樹說：「它們真可憐，天熱時蓋滿樹葉，天冷時卻裸光光的！」

◇畫分界線

小強的足球隊比賽，姊姊去捧場，很高興地見到小強踢出了一個落點恰到好處的長傳球，使隊友輕易就把球踢進了對方的龍門。

「踢得好，小羅！」姊姊聽見教練讚他。

「他叫小強！」姊姊生氣地喊道。

幾分鐘後，小強在對方龍門前，誤失了一個大好的建功機會。

「怎麼搞的，小強？」教練大喊。

姊姊馬上有反應，大聲說道：「他叫小羅！」

◇顯然對比

依林的母親終於給說服把頭髮染黑之後，除了父親以外，人人都說好。

「你為什麼不喜歡，爸爸？」依林問他：「媽看上去年輕了十五歲。」

「我知道，」他咕噥著說：「可是那就使我老她十五歲了。」

幽默樂透站

◇答非所問

某人在機場等一架遲到的飛機，枯候了三小時後，他走去櫃台詢問飛機何時到達，他所以著急，是因為他在等一個從未坐過飛機的姪兒。

「那個男孩多大了？」航空公司職員殷勤地問。

「他離家時六歲！」那人回答。

◇找「男人」

身為女警的淑芬，必須常常夜晚外出辦案。

一次女兒就讀的小學舉行母姊會，她去參加時，看

到女兒寫的一篇題為「家中一晚」的作文，有如下幾句：「那晚由爸爸做晚飯，並照顧我們上床睡覺，因為媽媽要出外找個男人。」

◇等候時機

企業經理說話時喜歡指手畫腳，尤其是興奮的時候，他的秘書也如此。一天參加完某演講會，開車回辦公室，二人在紅燈前停車，熱烈地討論講演人所提出的問題。

突然覺得有人在看他們。經理回頭望去。只見一個騎摩托車的警察正隔著車窗向車裏指。經理搖下車窗問他：「我犯了什麼錯嗎？警官？」

「現在還沒有，」他笑著說：「我正在等著看誰先出第一拳。」

◇答得妙

有人問某百貨公司的流行服飾專員：「時尚與風格有什麼不同？」

她毫不猶豫地回答：「時尚者『我也是』，風格者『是我也』。」

◇遺　傳

新婚妻子溫柔地對新郎說：「你爸爸、媽媽結婚

這麼多年了，還這麼恩愛，真叫人欽羡。最使我感動的是，每天早晨你爸爸都把一杯滾熱的咖啡捧到床前給你媽媽。你說這種可以遺傳嗎？」

「當然可以，」新郎說：「我只承受了我母親的遺傳。」

◇口信待傳

吳姓排長喜歡以跑步作為處分，花樣百出。有個下雨天，他命令一個二等兵跑到遠處一棵樹那裏去，因為那裏有「口信給他」。二等兵遵命跑到樹前再跑回來。

「樹說了些什麼？」排長問。

「沒說什麼！」二等兵道。

回來。

「再試試看，」排長大吼道。二等又跑到樹前再

「這次它有沒有說什麼？」排長問。

「它說要跟你講話。」二等兵答。

◇保持微笑

老李管理餐廳廚房的第一天，他就注意一個侍者總是微笑。幾天下來他臉上仍是無時無刻不掛著愉快的笑容，老李決定問出他的秘密。

「你一定是很幸福的人，」李老說：「不然怎麼永遠保持微笑？」

「老實說，」他回答：「只有那樣，我工作的時

候眼鏡才不會掉下來。」

◇半　子

「親家母，您的兒子真好，為人又體貼，又懂事，對我可孝順呢，人家說女婿是半子，真一點不錯！」

「是呀！現在我也體會出半子的意義了。」

◇同種子

懷孕的女主人發現未婚的女傭有了身孕，嘲諷的說：「真不要臉！」

「你不也是懷孕嗎？那有什麼不要臉！」女傭反

駁道。

「那可不同，我懷的是我丈夫的孩子。」女主人氣憤的說。

「我的也是。」

◇誰老大

霧夜海上，船長看見燈光，像是另一艘船向他迎面衝來。他叫信號手打燈號通知來船：「改變你的航道，南轉十度。」

對方答道：「改變你的軌道，北轉十度。」

船長跟著回答：「我是船長，你要改變航道南轉十度。」

對方回答：「我是一級水手，你要改變航道北轉十度。」

船長怒火中燒，再發信號說：「我是戰鬥艦，改變你的航道南轉十度。」

回答：「我是燈塔，改變你的航道北轉十度！」

◇損失太少

帶狗男人氣勢洶洶地對寵物店老闆說：「你把這個雜種賣給我看門，昨天竊賊進我家偷了我五百塊錢，牠吭都沒吭一聲。」

「先生，」寵物店老闆道：「這條狗以前的主人是百萬富翁。這樣少的錢牠看不在眼內。」

◇畢　業

公司新來了一位職員，經理一面看履歷表一面問他：「你什麼時候畢業？」

該職員緊張地說：「我會很認真的做，求你們不要讓我很快就『畢業』。」

◇棋逢對手

一位牙科醫生，給病人看牙前，通常會先把治療程序講解清楚，以減輕病人的焦慮。

有一天，他對一個當交通警察的病人詳細解釋之後

，問他有沒有問題。

那位病人說：「我只想知道，我有沒有給你開過罰單？」

◇理想職業

一個店員厭倦了他的工作，轉行當警察。不久後，有朋友問他可喜歡新職業。

「喜歡！」他回答：「工作時間尚令人滿意，薪水也好。最妙的是顧客永遠是錯的。」

幽默樂透站

◇緊張的原因

公司電腦部設計了一款軟體，事後請林立群試用。最後並請林立群協助訓練其他同事使用。

林立群坐在一個女職員身旁，告訴她怎麼修改文件，她鬆了一口氣說：「換了你來教我，我真高興。」

林立群感到很驚訝，回答說：「以前的同事經驗遠比我豐富。」

「不錯，」她說：「但跟你學習我自在得多。在聰明人身旁，我會非常緊張。」

◇阿門！阿門！

姨丈和姨媽都是虔誠的基督徒，在吃飯前全家人都要禱告。一次，姨丈和姨媽帶五歲大的表弟第一次去教堂。回家時，表弟問他們：「我在教堂說了好幾遍『阿門』，為什麼沒有東西吃？」

姨媽說：「因為教堂裏人太多，上帝根本聽不到你的聲音。」

◇你信嗎？

甲：「我有世界上最了不起的高爾夫球，它永遠

不會失掉。」

乙：「你憑什麼這樣說？」

「假如你把它打進沙堆，它會嗶嗶地響；如果掉到水裏，它會漂浮，」甲答：「假如你在夜間打球，它還能發光。」

「嗨，聽起來真不錯。你怎樣得到這個球的？」乙追問。

「在樹林裏撿到的。」

◇老虎豹子

動物圓管理員聽見一個女人大聲說：「你瞧這些小老虎多可愛，要是牠們能說話，不知道牠們會說些什

麼呢？」

管理員笑著回答：「太太，牠們一定會說：『我們是豹子。』」

◇嘮叨是福

馮先生修養很好，不管馮太太怎麼嘮叨，他從來不生氣，頂多回答一句：「老伴，有得完沒有？該休息了吧！」可是馮太太的聲音卻會越來越大。

最近，好久未聽到馮太太的嘮叨，原來是她偷看了馮先生寫的一首詩：

「相伴嘮叨自有緣，嘮叨半世意纏綿，勸君休厭嘮叨者，寧願嘮叨到百年。」

幽默樂透站

◇祖父介意

簡太太年輕時便開始減肥，一直不成功，到了中年，更越來越發福。一天晚上，她更衣時發覺有一條褲子緊得穿不進去，她對丈夫說：「等到我做了祖母就好了，祖母發胖還有誰介意？」

丈夫的回答：「祖父介意。」

◇動手動腳

少女問她的朋友：「你介紹我認識的那個男孩是你們學校的運動好手！」

「是的，他是學校籃球和足球隊的隊員。」

「難怪他老喜歡對我動手動腳。」

◇了不起的衣服

兒子出生後，芬蘭臃腫的身形久未能恢復苗條。有一天，丈夫陪她去添置新裝，他耐著性子聽太太抱怨每件穿上身的衣服如何加倍顯出她體型上的缺點。

到太太試穿最後一件，從試衣室走出來時，丈夫已經學乖了。

「太太這件好得很！」他大聲稱讚：「它顯得你腰身纖細，雙腿修長，臀圍適中。」

這時，隔壁試衣室裏傳出聲音說：「如果有這樣

了不起的衣服，我要買十件！」

◇眼醉了

男：「喝了酒後，你真漂亮！」
女：「人家又沒喝酒，怎會漂亮？」
男：「我是說我喝了酒啦！」

◇絞腦汁

老李趁休假埋頭完成一篇寫了多天的稿子，把晚飯也錯過了。老伴催了兩三趟還不見他有動靜，對五歲的外孫女說：「快去請外公吃晚飯，我看他把『腦汁』

絞得連吃飯都忘了。」

外孫女跑到書房時，很詫異地對老李說：「外公，外婆說您在絞腦汁，怎麼不用絞汁機呢？」

◇先分輕重

劉太太喜歡將鄰居巷里的閒話，在丈夫看新聞的時候告訴他。欣逢雙十國慶，劉先生正在沙發上看新聞轉播，劉太太又一五十一地把閒話說給他聽，劉先生忽然站了起來向太太說：

「太太，今天是國慶日，地方新聞總該可以停播一次了吧！」

◇有言在先

王先生參加宴會回家時很晚，但他答應過妻子一點鐘以前回家，於是躡足登樓。他悄悄開臥室門時，鐘鳴三下。王先生大聲對鐘說：

「我知道是一點鐘。你何必告訴我三次！」

◇耐人尋味

小李花了一個下午吹他的長髮，足足用掉半瓶髮油，到晚上約了還在讀高中，尚留著短髮的女友去吃麵。

麵店伙計：「兩位吃什麼啊？」

女友：「我吃陽春麵。」

小李：「我要油麵。」

伙計轉頭對廚房大叫：「一個清湯掛麵，一個油頭粉麵。」

◇多此一舉

年輕人下班回家，發現新婚妻子在發愁。

「我真沒用，」她說：「我剛才替你燙那套西裝，把褲子臀部燒了個大洞。」

「不要緊，」丈夫安慰說：「那套衣服我多備了一條褲子。」

「對，」妻子高興起來說：「幸虧這樣，我用那條褲子把燒的洞補上了。」

◇針有兩利

母親看見女兒周旋於兩男子的苦苦癡纏之間，便對女兒說：「你還是快些作出選擇吧，正所謂『針無兩頭利』，當心得不償失呢！」

女兒洋洋得意地回答道：「織毛線的針不是兩頭都銳利嗎？我會好好地『編織』出約會他們的時間表。」

◇桃花運

孫兒：「爺爺，什麼叫做走桃花運？」

祖父：「比方說，有女生和你手牽手啦！」

孫兒：「那桃花劫呢？」

祖父：「那就是你正好被她老爸撞見了！」

◇放貓覓食

兩位雲英未嫁的女士認為如果她們接近男性，後果將不堪設想，因此，她們也不放所豢養的一隻雌貓到戶外去。

後來一位結了婚，去度蜜月，幾天後另一位接到一張明信片，上面只寫著：「放貓出去吧。」

◇語重心長

女兒要出嫁時，問母親：「媽，用什麼方法來保護結婚戒指最好？」

母親答道：「這很簡單，只要你每天能高高興興的在洗米水、洗衣裏洗乾淨點就行了。」

◇錯得離譜

老江剛獲聘為人事經理，上任後決定扔去一些不必要的檔案。某天，老江的辦公室門外擺了六隻裝得滿滿的廢紙箱。

總經理剛巧來找老江，老江正要向他解釋正在清理廢物，豈料門外的清潔工人卻在大聲說：「好傢伙，這個新來的人出的錯可真不少。」

◇有所改善

老江夫婦在一家餐館吃飯，樣樣都令人不滿意。

結帳時，老江看見帳單後面有意見欄，於是寫：「菜燒得太老，且毫無味道、洗手間太髒、服務態度不好，而且連牆上的鐘也不走。」

老江簽了名，氣憤離去。

一個月後，老江收到餐館的一封回函說：「謹此奉告，我們已經把鐘修好了。」

◇另類後遺症

「我動過手術！」某甲對朋友說：「醫生在我體內留下一堆藥棉。」

「那真糟糕！」朋友對他深表同情，「痛嗎？」

「不痛！可是我渴得要命！」

◇一手消息

電影攝影棚裡，一座古堡佈景在要開拍時倒塌了。在混亂中，製片跑來嚷著說：「導演知道嗎？」

「他應該知道！」工作人員說：「他就在佈景下！」

◇願臨險境

我國佬伊凡將被放逐到西伯利亞。

伊凡對法官說：「既然美國那麼可怕，何不把我放逐到那裡去。」

◇落井下石

四十歲剛出頭的老賴，非常在意頭上日漸增多的白髮。

有一天在辦公室，秘書許小姐將簽呈交給老賴，然後靜靜地站在老賴身邊等候指示。

老賴猛然抬起頭來問她：「許秘書，你是不是在看我的白頭髮？」

「不！經理，我是在數你頭上的黑頭髮。」秘書說。

◇另類諷刺

新任官員身材矮小，需要一張更高的踏腳凳。

他向總務處申請一張新的踏腳凳。

總務處問他原有的踏腳凳哪裡去了，為什麼需要一張新的？為什麼不能使用原有的那一張。

公文的不斷往返，官員惱怒之餘，將申請書撤銷。

總務處又發文問撤銷的原因。

官員回文：「由於此案的來往文件，多得可以當我的新踏腳凳，所以撤銷申請。」

◇弄巧成拙

新婚夫婦到華盛頓度蜜月，住進水門飯店。

當天晚上新郎正欲熄燈時，新娘問道：「你說這房間會不會有竊聽器？」

新郎答：「親愛的，裝竊聽器是很久以前的事了！」

新娘：「不過，要是房間裡裝有竊聽器，那我可要尷尬死了。」

於是新郎便開始仔細尋找。最後，他掀開地毯，果然發現有個樣子古怪的裝置。新郎卸下螺絲，除下那金屬，然後上床。

第二天早上，飯店裡的一位服務生來敲門，詢問新婚夫妻睡的可好。

新郎回答：「你為什麼這樣問？」

「實在奇怪！」職員說道：「昨夜你們下面房間的一盞吊燈掉下來了，砸到一對夫妻身上。」

◇嘔心瀝血

甲：「我為了追我老婆，花了無數的心血。」

乙：「你是怎麼追的？」

甲：「她在捐血中心上班，我為了追她，一共捐了

五百次的血！」

◇更加嚴重

甲先生對乙先生說：「我太太昨晚做了一個可笑的夢，夢見自己嫁給一個億萬富翁。」

乙先生：「你真幸運！我太太常在白天做這樣的夢。」

◇遺　忘

公車上，有一位男子呼呼大睡。

十五分鐘後，坐在他旁邊的婦人下車，車子剛要起

步時，剛下車的婦人急忙大叫停車。
司機問：「什麼事？」
她說：「我有東西留在車上。」
說完便回到原來的座位，把男子喚醒。原來，那是她的丈夫。

◇形象第一

傑生非常重視衣著，總希望給人好印象。
有一天，傑生的太太準備生產，傑生匆忙趕往醫院，到達時汗流浹背、頭髮凌亂，顯得很狼狽。
衝進醫院後，發現院方規定初生嬰兒只能在下午四點哺乳時間才准探訪。

傑生低頭看了看錶，然後說：「我先回家梳洗一下，四點以前趕回來！」大夥認為時間就快到了，何必趕來趕去！

哪知道傑生表情嚴肅的說道：「一會兒，我就要和我的兒子見第一次面，總要給他一個好印象吧！」

◇計時器

病人：「他認為自己是個停車計時器。」

精神科醫師：「為什麼他不自己告訴我？」

病人：「因為我停車停很久，所以他滿嘴都是硬幣。」

◇另類效果

甲：「我認識一個只吃香蕉減肥的女孩。」

乙：「結果呢？」

甲：「體重沒有減輕，可是昨天我看見她兩三下就爬上了一棵十公尺高的大樹，真了不起。」

◇神　話

年輕的母親把所有她知道的神話都講完了，六歲兒子還要她再講一個。

母親想了想，於是又講了一個故事道：「從前有一間房子，有三房兩廳，地點很好，只要兩萬元……」

◇寵愛有加

女顧客請售貨員把她買的一大盒甜酒巧克力，用包裝紙包起來。

「這是給蓓蒂的禮物！」她說：「牠明天就滿兩歲了。」

「我認為這些巧克力對兩歲孩子不大好！」售貨員正經的說道。

「蓓蒂是隻哈巴狗！」女顧客說。

◇心意難測

一群人在河邊垂釣，其中一個女人抱著一隻小狗，小狗掙脫著想跑開，她便餵小狗吃東西，並輕拍幾下。可是小狗繼續掙扎，旁邊一個男人用杓子舀了點水，送到小狗嘴邊，小狗隨即搖尾巴，開心地把水喝了。

那女人看見了，便對小狗說：「你要喝水，為什麼不跟我說呢？」

◇盡在不言中

莉莎最近處於熱戀中，每天不是守著電話，就是躲

在房裡寫情書。

有一天，莉莎的哥哥在書桌上發現她一封未完成的情書，上面寫著：「問世間情為何物？」就順手寫了一句：「便是一物剋一物。」

◇得不償失

一個樣樣講求健康的人誇口說：「我從不吃含有添加劑或防腐劑的東西，也從來不碰用化學藥劑噴灑過或是施過化學肥料的蔬果或食物。」

「哇！真了不起，」她的朋友羨慕萬分，「那妳現在感覺如何呢？」

「餓死了！」她無精打采地說。

◇有眼光

兩個女郎談心。

蘿拉：「我和貝爾解除婚約了。」

蓓蒂：「為什麼？」

蘿拉：「他有很多缺點！」

蓓蒂：「那妳還他送你的鑽戒沒有？」

蘿拉：「沒有！那只鑽戒很完美，沒有什麼瑕疵！」

◇另類解釋

甲乙兩人閒聊，甲提到算命先生替他批命，說他運

程崎嶇坎坷。

乙安慰甲說：「算了吧！這種事不能當真，你只要信一半就好了。」

甲：「信一半！你要我相信『崎嶇』還是『坎坷』呢？」

◇童真

伊蓮的母親帶著四歲大的弟弟一起在鄉間散步，弟弟看見一個農婦把被單鋪在草地上讓太陽曬一曬。

弟弟說：「媽！妳看！她在給牛鋪床！」

◇話中有話

強生：「你看，你的寶寶在你太太懷裡笑得多開心呀！」

傑瑞：「唉！真是『初生之犢不畏虎』！」

◇腦力激盪

小莉第二次結婚，丈夫有三個孩子，她自己有五個孩子，結婚後他們又生了三個。

學期開始時，老師問小莉的孩子，家中有多少小朋友。

孩子回答：「媽媽有八個孩子，爸爸有六個孩子，但是小孩加起來一共只有十一個。」

◇設想周到

法官勸一位老太太打消離婚的念頭。

法官問老太太說：「妳九十二歲了！妳丈夫也九十四歲，你們結婚七十三年，為什麼還要離婚呢？」

「我們的婚姻已破裂多年！」老太太說，「只是為了兒女，才決定等他們老死了再說。」

◇依然青春

從前電視上有個宣傳飲料的廣告，畫面是個妙齡女子在海邊游泳。

這個廣告停播了幾年後，最近又在電視上播出。奶奶看了這個廣告，指著電視機說道：「這小娃兒真了不起！過了這麼多年，樣貌身材一點都沒變。」

◇據實以答

一位太太在一家時髦的商店選購男睡衣，準備給丈夫作為生日禮物。

她丈夫喜歡顏色鮮豔的睡衣，太太看了許多套還沒有找到她認為合適的。

售貨員客氣地問：「妳丈夫穿衣服保守嗎？」

那位太太不加思索地說：「上班時很保守，在床上可一點也不！」

◇言不顧行

在體育用品店閒逛，聽到一個少年和他父親的對話：「爸，要是你肯買這套舉重槓鈴給我，我會每天都舉它。我保證我會認真鍛鍊。」

「是真的嗎？」

「真的，爸爸。」

「好吧，既然你這麼說，我就把它買下來。」那位父親付了錢，然後向大門走去。不久，他聽到兒子吃驚地在他身後大喊：「什麼？你們要我自己把它搬走？」

◇傻丈夫

陳慶雄擔心妻子精神有問題，於是去請教精神科醫生。

「她非常害怕衣服被偷走！」慶雄說。

「你怎麼知道？」醫生說。

慶雄說：「有一天，我提早下班回家，發現她僱了一個男人蹲在衣櫥裡看守她的衣服。」

◇小聰明

安妮是圖書館的管理員。

有一天，一個小朋友請安妮幫忙，找他學校所指定類別的童書。

小朋友說：「我要借一本內容不是很多的！」

「好！我們來找一本你有興趣的書看看！」安妮熱心的說。

他們一本一本的找，但小朋友全都不滿意，最後，安妮找到一本『伊凡的一天』，小朋友說：「好極了！反正一天總不會太長！」

◇繼續成長

「我想給女兒買一架鋼琴。」女人說。

「好極了！」售貨員說：「妳要買豎式鋼琴、小型鋼琴還是演奏會用的大鋼琴？」

「我對於鋼琴一無所知，不過，我想還是買架大的，因為女兒還在長大，我不想過幾年後又要買一架。」

◇到「天父」時

小高很愛抽煙，朋友們屢次勸他戒煙都無效。有一次大夥到台北遊玩，小高沿途不停吞雲吐霧。大夥來到

高級住宅區的天母時，幾位女士生氣地請他不要再抽煙，他說道：

「這是最後一枝，在『天母』的最後一枝。」

小曾在一旁說：「沒關係，以後他到『天父』那裡多抽幾枝。」

◇穿衣服後

王先生是位游泳教練，個性開朗，嗓門很大。有一天他逛百貨公司時，在擁擠的人潮中，突然有位小姐叫住他。王先生先是一楞，隨後大聲地說：

「啊，原來是妳！妳穿上衣服，我都認不出妳了！」

那小姐頓時面紅耳赤，旁人則紛紛轉過頭來看著她。

◇持家有道

一天晚上，小雄到美術館去參觀畫展，當他正在欣賞一幅由一些繩子、火車票、鐵絲濾網、快相和一個破車輪拼貼而成的抽象畫時，他聽見旁邊一個婦女低聲對另一個婦女說：

「這足以證明——永遠不要扔掉任何東西。」

◇風馬不接

二月故宮博物館展出印象派畫家莫內的作品，各傳播媒體大力推薦。二月中旬某天，純純和同學興沖沖地

前往故宮，想一睹大師傑作。

她們到了故宮，裡裡外外都看過了，卻看不見莫內的畫。純純向在旁邊的服務員詢問在哪裡展覽，她說：

「二十號。」

但是，純純和同學從一樓找到三樓，都找不到二十號房間，只好再去問服務員二十號房間在哪裡？服務員一臉茫然，純純於是補了一句：「請問展覽莫內的二十號房間在哪裡？」她才笑笑說：「二十號是展覽開始的日期。」

◇即時解決

幼華在一家五金店的客戶服務部工作，一個下雨天

，他接到一個婦人的電話，她驚慌地說大風雨開始後，她的屋頂就不斷漏水，想知道有什麼即時解決的辦法。

幼華請她等一等，把她的情形告訴了工程部的一個人員。「用水桶！」他指示。

◇手續不全

老劉去探望住在小鎮的兒子和媳婦，無意中聽到當地有些物品是在老劉居住的地方買不到的。兒媳倆後來給老劉買了，但拒絕收費用，老劉臨走時唯有偷偷塞張支票在廚房碗櫃裡。

回到家，兒子來電話說起此事，老劉堅要他們收下支票。「爸我們永遠不會去兌現。」兒子說：「再說，爸，您忘了蓋章。」

第二篇

校園百態

◇事出有因

學期結束時，大學裏很多學生紛紛把他們的教科書賣掉換現。商學院裏有個告示可真引人注意：

「商業統計學（絕少用）——二十元；財務管理（幾乎全新）——二十五元；組織理論（只翻過一次）——二十二元。」

告示的下方有人寫上：「平均成績——不及格。」

◇感受相同

成人進修班的國文老師講解范仲淹的「岳陽樓記

」，在講到「進亦憂，退亦憂」這一句話時，他問學生有沒有過這種感受。

有個學生站起來說：「每當我買進股票，太太就會抱怨，說價格還會跌，每當我賣出股票，太太也會抱怨，說價格還會漲。在這種情況之下，我不正是進亦憂，退亦憂嗎？」

◇赤子之心

老師為了測試學生的愛心程度，出了個問題問學生們。

老師：「志明，如果你在公共汽車上看見一個行動不便的老婆婆站在你面前，你會怎樣？」

志明：「我會說：老太太你年紀那麼大，不要省錢了，改坐計程車吧。」

◇男女之差

大學女生向舍監提出抗議：「為什麼女生宿舍十點半關門，男生宿舍卻十一點才關門？」

舍監的回答使她們滿意地離去：「男生要送你們回來，當然要晚半個小時。」

◇各有所長

去年下半年，小明曾參加留學托福考試。

臨考前，媽媽交給他一個從北港媽祖廟求來的香火護身符，囑咐他好好隨身攜帶，以得神明庇佑。

但是，小明卻搖頭拒絕了，而且十分得意地自口袋中掏出一條繫有耶穌被釘十字架上的項鍊，對媽媽說道：

「考托福，就一定要請耶穌來護航才靠得住；北港媽祖又沒念過英文！」

◇萬無一失

上數學課時，老師對全班同學說：「校長可能會來看我們上課，老師問問題時，每個人都要舉手！知道答案的舉右手，不知道的便舉左手，千萬不要弄錯！」

◇文字遊戲

調查畢業旅行的問卷上，有三個選項：我一定會去；不能確定；我死也不去。問卷收回時，有人這樣回答：「我能不能不去，但不必死？」

◇電視前後

小學一年級自然科考試，其中一道題目是：看電視時，你是在電視的：⑴前面；⑵後面；⑶上面。全班學生竟不約而同地選了同一個錯誤答案——後面，老師決

定向學生問個究竟。

一個學生理直氣壯地說：「我看電視時，電視是在我前面的，那我不就是在電視後面嗎？」

另一位女同學接著天真地說：「我很倒楣啊，都是我媽害的啦。每次我看電視，她就喊：『不行站在前面看，到後面去。』所以我才選後面。」

◇功能之一

媽媽陪四歲的小寶去參加幼稚園入學考試。

老師指著小寶的鼻子問道：「這是什麼？」

小寶答：「鼻子。」

老師再問：「鼻子做什麼用的？」

小寶想了一會兒，低下頭小聲地道：「用來流鼻涕。」

◇好理由

教師：「小強，為什麼遲到？」

小強：「因為街上有塊交通指示牌，上面寫著：『學校區域—慢行』。」

◇舉一反三

歷史測驗有道題目：

例：黃帝建都——（有熊）

問：堯建都——（　）
　　舜建都——（　）

呆呆看完題目之後，胸有成竹地空格中分別填上「有獅」、「有虎」。

◇答得妙

老師常把課本比喻為「正餐」，參考書比喻為「點心」。

一名學生考試不合格。

老師問道：「成績為什麼如此差呢？」

學生答道：「我患了『厭食症』。」

◇可憐的孩子

老師在倫理課上談論起同情心，問同學道：「世界上有很多可憐的孩子，你們可知道最可憐的是哪一些？」

一個學生高聲答道：「當然是校長的兒子！我們一天只見校長一次，就嚇得要死，他兒子都整天和他在一起！」

◇百密一疏

每星期六早上八點，小柯全班同學要上游泳課。小

柯已經遲到過幾次，教練警告小柯如再遲到便要給他記一次小過。

一個星期六，小柯又要遲到了，還有三分鐘便要上課，小柯衝到更衣室，換好衣服，跑過淋浴處，跳進游泳池，一口氣的游到另一端，全班同學都已圍在教練身旁。他從水裏出來，一看錶，正好八點。

小柯得意洋洋地望了望教練，他端詳了小柯一陣說道：「還可以，不過下次請你把襪子脫掉！」

◇合乎邏輯

淡江大學同學組隊參加「大家一條心」校際益智趣味比賽，隊名叫「駝鳥」。節目主持人好奇地問隊

名的由來。

隊長答道：「取名駝鳥，因其蛋大（淡大）！」

◇錯用成語

陳老師在專門為外國留學生開辦的中文補習班上，給他的學生出了一道題目：「請說出一句形容一個人很開心的成語。」不過又聲明成語中必須有個數目字。

有個學生舉手答道：「含笑九泉。」

◇童言無忌

李佑民是一間私立小學的校長，因此經常看到學童

們遊戲。某次，一群兒童正在玩學校上課，另一個比較年幼的學生也想參加他們。

其中一個說話直率的小孩說：「你不識字，不能玩學校上課。這樣吧，你做校長好了。」

◇言之有理

小華和父親一同參觀一個攝影展覽。

一幅名為「上學途中」的照片吸引了他們，拍攝的是兩個孩子揹著書包嘻嘻哈哈的走著，十分生動。可是小華說：「題目寫錯了！」

父親說：「怎麼錯了？」

小華說：「應該是『放學途中』中，上學那有這

麼開心！」

◇緊張過度

傑夫和朋友初進軍官學校受訓，頗引以為榮。他們剛從後勤補給室拿到制服，看見有個身穿制服的人迎面而來，連忙立正敬禮，同時大聲說：「長官，您早。」

「早，」對方答道：「郵政局人員衷誠為你們效勞。」

◇有效方法

吉娜的十七歲兒子最近每天都遲了起床，趕不上搭

校車，吉娜得駕車送他上學，然後趕去上班。

一天早晨，吉娜不要送兒子去上學，但她沒把車開向學校，反而去追趕校車，追上後又猛按喇叭，直到校車停下來，車上的人都瞪眼望向他們。兒子下車後，她也從駕駛座上一躍而下。「再見，寶見兒，」她大聲叫，「今天在學校可得小心。」

她兒子從此再也沒有搭不上校車了。

◇節省之道

小穎和室友經濟拮据，為了撙節開支，決定把雙方的衣物湊合在一起拿去自動洗衣場洗。小穎數硬幣準備放進角子洗衣機時，室友把衣服分成三堆。

小穎問室友：「你是不是分成淺色、深色和質地柔軟的三種？」

「不是，」她說：「是髒，真髒，和只在有足夠的硬幣時才洗的衣服。」

◇愚公精神

新任校長第一次主持週會，上台對學生講一些勉勵的話。

校長：「面對著競爭十分激烈的大學聯考，同學們必需學習『愚公移山』的精神與毅力……。」

允傑低聲對鄰座的同學說：「對，我們考不上，便叫兒、孫幫我們完成志願。」

◇食量問題

瓊絲是醫學院的學生，這學期所修的一門寄生蟲課需要校外實習。他們選定了一所國小，給小朋友檢查有沒有寄生蟲。

在檢查前，他們先分別為小朋友講述寄生蟲的種類、生活史及寄生途徑，並強調衛生的重要。講解完畢，瓊絲做了個總結：「小朋友，要知道，如果身體裏面有蛔蟲寄生，你所吃的飯就會被牠吃去一部分了，所以要小心防範那可惡的寄生蟲。你們有什麼問題沒有？」

這時，一個小男生問題：「大姊姊，請問蛔蟲一天吃幾碗飯？」

◇學以致用

麥克報考大學醫學院，面試時，教授問他為什麼有興趣學醫。麥克答道：「因為我姐姐是藥劑師，我母親是護士，而我父親則是懷疑自己有病。」

◇自取其辱

講師在商務法課堂上為了使學生留心聽講，總喜歡講些極度荒謬的假設案件和笑話來說明一些法律觀念。引得全班哄堂大笑。

有一次，一個學生指出他去年已經講過相同的笑

話，講師回答道：「你能重讀，我就能重說。」

◇可憐的貓

上小學一年級美術課時，老師叫學生畫一幅兩姊妹和貓嬉戲的圖畫。學生子佑德把他的畫拿給老師看，老師問他為什麼沒畫上貓。他說：「要是那兩姊妹像我和哥哥那樣玩貓，貓早跑掉了。」

◇鐵鳥

軍校舉行訓練演習，陳亞明那一小隊應由直升機接應，可是直升機久候未見，他們便去問在附近撿柴枝的

老婦。

領隊怕老婦聽不明白，便說：「早哇，老奶奶，你可曾見到一隻發出巨響的鐵鳥在附近飛？」

「早哇，小夥子，」老婦帶點揶揄地笑著回答：「我只見有直升機飛過，這一帶沒有鐵鳥。」

◇能力不同

老師：「貓會捉老鼠，狗會看門口，同學們，你們知道牛和馬會做什麼嗎？」

一個學生答：「牛和馬都會賺錢。」

老師：「牠們怎樣賺錢呢？」

學生：「雖然我不清楚，但爸爸常常說他是做牛

做馬來養活我們。」

◇回答得妙

英文系學生問白髮蒼蒼的系主任，是否從頭到尾把托爾斯泰的『戰爭與和平』讀過一遍。

那位老教授想了一會才回答：「像『戰爭與和平』這樣的不朽名著，每人都應該在逝世以前把它讀完。為了活得久一點，我還沒有開始閱讀。」

◇說得也是

老師說：「瑪麗，你到講台來，在地圖上找出古

巴在哪裏。」

「是，老師。」瑪麗說著就在地圖上指出了古巴的位置。

「很好。現在輪到麥克，你告訴我們是誰發現古巴的？」

「是瑪麗，老師。」

◇本性難移

男同學極愛吹牛皮，他在一次重要考試裏不及格，同學們都有點開心，認為那是他應得的報應。

有個同學指著他的分數，問他有何感受。

「不錯啊！」他說。

「但是你不及格。」

「對！」他面無難色地回答：「不過，我在不及格的人當中分數最高。」

◇所言屬實

學校裏的神父常勸小蔡信教，說：「今天社會道德淪亡，世事變幻無常，只有宗教才是永恆不變的。」

小蔡當時不以為然，直到一天到一家大減價的書店去購書，才恍然神父的話非虛。

因為在書店的架子上標著：「倫理道德五折」、「社會學、心理學七折」、「哲學八折」，而在放聖經的架子上，則標著「不二價」。

◇心直口快

上保險學時，為了讓學生了解保險人、被保險人以及受益人之區別，老師特別舉例：

「假如我投保後一年不幸車禍身亡，保險公司付出保險金額一百萬元給我太太。在這例子中，我太太是受益人，那麼請問我是什麼人。」

學生毫不猶豫地回答：「死人。」

◇裝瘋賣傻

唸小學一年級的姪女問雅慧：「姑姑，一加一你

說是什麼？」

雅慧想也不想便說：「二。」

誰知她說：「不對，是個『王』字。」

接著她又問雅慧：「一減一呢？」

雅慧望她狡獪的目光想了一會後答道：「三」。

姪兒哈哈大笑，高聲對她媽媽說：「姑姑好笨，一減一等於零都不知道。」

◇人狗一體

美麗在幼稚園工作，每天小朋友吃飯時，她都要幫他們盛飯盛湯。

一天，有位小朋友要求再喝一碗湯。美麗看見湯鍋

裏還有幾根排骨，便問他要不要。他迅速答道：「當然要，您忘了我是屬狗的嗎？」

◇我是中國人

甲：「唉！每次考完英文，我就搞不清自己到底是中國人還是美國人。」

乙：「不，考完英文之後，我就確信自己是中國人了。」

◇輸人不輸陣

丈夫：「這只不過是女兒的美工科家庭作業，你

幹啥做得這麼賣力？」

太太：「我絕對不能輸給其他家長！」

◇融匯貫通

賴老師教小學五年級的「精英班」，在講觀察力時，忽然發覺自己穿了兩隻款式不同的鞋子。賴老師連忙站到講桌後面，在那裏把課講完，暗自慶幸學生似乎並未覺察。

怎料學生已將賴老師所教的「融匯貫通」。

第二天，賴老師一走進教室，全班學生便笑瞇瞇地看著賴老師，每人腳上都穿著款式不一的鞋子。

◇一文不值

一天早晨，小黃他們建築系一個同學悶悶不樂地回到學校。原來他的寓所被盜，竊賊偷走了電視機、錄影機和其他貴重物品。小黃他們極力安慰他。

「最糟的是，」他大聲喊道：「他們什麼都要，就是不要我的設計圖！」

◇望文生義

小蔡他們一群在日本的留學生，參加秋季旅行，途中急著要去洗手間，遠遠看到一幢民宅掛著『御手洗

』的牌子，就急急忙忙闖了進去，沒想到給裏面的人罵了出來：「這兒不是公共廁所！」

這時日本導遊跑了過來，解釋說「御手洗」是這家人的姓，這是他的家，不是公廁。

◇亮麗頭髮

最近班上女同學流行剪電影『第六感生死戀』中女主角黛咪摩兒的短髮。

有一天上課時，老師說他認為長髮短髮各有特色，短髮俏麗，長髮秀麗，但最漂亮的還是「亮」麗的頭髮。正當大家不知他所說「亮麗」為何時，老師接著說：「希望大家不要妒忌我有『亮』麗的頭髮。」

大家才發現，老師那只有幾根，幾可發光的禿頭，正閃閃發亮對著同學。

◇汽車又熄火

幼稚園老師聽見小男童說了一個「幹」的髒字。

「小傑！」老師說：「你不該說這個字。你是從哪裏學來的？」

「我爸爸說的。」

「你以後別說了，」教師說：「你連它的意思也不知道。」

「我當然知道，」小傑說：「它的意思就是汽車又熄火了。」

幽默樂透站

◇意義走樣

弟弟疑惑的告訴哥哥：「我作文時，說要『將自己下半生奉獻給社會』，但是老師今天發回作文簿時，把那個『生』字圈著，說弄錯了，真不明白？」

哥哥一看，嚇了一大跳，他竟將「生」字寫作「身」。

◇捐誰的血

學年將結束，校長在教職員會議上，數說教職員諸多不是，指出他們的缺點和失職越權的地方，大家都很

緊張。

隨後，校長宣佈要發起捐血運動，為了鼓勵教職員參加，他將以身作則，率先捐血。這時後座有人擔心地問：「捐誰的血？」大家聽了，哄堂大笑。

◇不吃葷

有位老師是虔誠的佛教徒，和師母伉儷情深。有一次師母生了重病，老師在佛前許了一個願，只要師母病癒，他就天天吃齋還願。沒多久，師母康復了，於是他自此每天吃素。

有天上課時，在他講得口沫橫飛之際，忽然一隻蚊子撞進了他嘴裏。老師慌忙把蚊子吐出，連續說道：

「我許過願不吃葷的！」

◇好好利用

中文教師：「中文的『好』字有這樣的用法：好容易意思是很不容易；好不辛苦，其實是很辛苦；好不快活，即是很快活。懂了沒有？」

外籍學生：「好懂。」

◇神機妙算

地理教授在放映室放映他度假時所拍攝的幻燈片，叫學生們指出幻燈片是在哪裡拍的。第一張是一群人

站在一所沒有任何標誌的磚造建築物前面。小李說那是在俄羅斯拍攝的。

教授聽了大吃一驚，問他怎麼可能知道。

「照片的那一男一女是我叔叔和嬸嬸，」小李解釋，「他們剛去俄羅斯度假回來。」

◇喊　價

大考考卷發下後，教授和緊張不安的助教耳語了一陣，然後宣佈：「我們出了點問題，在座其中一位分到的卷子不是試題，而是答案。」

他伸手掏出皮夾，繼續說下去：「如果那位同學自動走出來，這張五十元鈔票就是他的！」

一位同學舉起了手，教授朝他走去。「且慢，」另一個同學喊道，「我出一百塊！」

◇舞文弄墨

上國文課時，老師心血來潮出了一道謎語給大家猜，並且說明猜中可獲「原子筆一打」。同學絞盡腦汁拚命猜，終於有人猜中了，正想去領獎，只見老師神秘地一笑，拿起原子筆在那個同學的手上打了一下。

大家才恍然大悟，原來這就是「原子筆一打」。

◇妙　招

體育課後，同學們爭著到小吃部去買冷飲，沒有人願意留下來收拾體育器材。

體育老師看了只是笑笑，然後集合班上的同學宣佈：「明天我們要和鄰班比賽排球，現在要選出六名選手，請自願者報名！」

三分鐘不到，排球隊順利組成。

這時，體育老師又開始道：「現在，請六名排球選手履行你們的義務，將球場上的球拿回體育器材室去『排』放整齊。」

◇餘音裊裊

碧瑩正在房裡敞開門窗研讀數學，大哥走了進來，隨手拿起一張置於桌上的數學考卷，向窗外故意拉長聲音大喊到：「五十六分！」

碧瑩忙說：「求求你，少丟人了！」大哥不慌不忙地再補叫一句：「四十五秒！」

◇伴隨長大

幼稚園老師告訴小麗：「妳已經上完了幼稚園。明年，妳便要坐大校車到學校去。妳要給校車司機看妳

的乘車證，在學校不再有小睡休息，妳還會有個新書包，裡頭裝著練習簿和鉛筆盒。」

小麗沈思片刻後問道：「那我的名字是不是還叫小麗呢？」

◇樂極悲生

陳子耀在大學三年級，這個月花錢失了預算，買了很多CD，又去聽了幾場音樂會，所以到月底時連飯錢都沒有著落。就在這時，他收到姑母寄來的一張賀卡，卡內附了五千元，使他喜出望外。

他立即出去大吃大喝了一頓，回到宿舍後才細看夾在賀卡裡的短簡。原來叫他用附寄的五千元替她買書！

◇巧妙分別

教授問學生工程師和技師的分別。全班默然，一位兼修文學的同學突然福至心靈，舉手答道：「技師『知其然』，工程師則『知所以然』。」教授頷首解頤。

◇反應靈敏

小偉在宿舍裡做功課做得累了，會從床下抽出一塊木板來敲擊天花板，住在樓上的同學也會用同樣方法回應他。有天晚上一連做了幾小時功課後，他又開始這樣玩。

敲擊你來我往一陣以後，小偉的室友加入遊戲。不久，樓上也多了三個傢伙一起敲擊。吵聲終於驚動了舍監來敲門查問，小偉和他的室友都說他們不知情。就在這時，其中一個住在樓上的同學突然闖入小偉房內，手裡仍然拿著一塊木板。

「你知道是誰在搗蛋嗎？」舍監猜疑地問他。

「不知道，」那同學粗聲地回答，「但如果我查出是誰，我會用這塊木板揍他。」

◇童言稚語

幼稚園的教室裡，六歲大的美惠畫了一隻肥貓給老師看，說是一隻快要生產的母貓。

「我畫給老師。」她說，隨即用鉛筆小心地在母貓肚子裡畫了四隻非常小的貓。

老師想趁機教她一點生理常識，於是問她：「妳知道這些貓怎樣來的嗎？」

她一本正經地望著老師，說道：「當然知道，是我畫的。」

◇虔　誠

「老師一定很虔誠，」麗珍說：「我每次回答問題，老師說：『天啊！』」

大展出版社有限公司 品冠文化出版社	圖書目錄

地址：台北市北投區(石牌)
致遠一路二段12巷1號
郵撥：0166955～1
電話：(02)28236031
28236033
傳真：(02)28272069

·生活廣場·品冠編號 61

1.	366天誕生星	李芳黛譯	280元
2.	366天誕生花與誕生石	李芳黛譯	280元
3.	科學命相	淺野八郎著	220元
4.	已知的他界科學	陳蒼杰譯	220元
5.	開拓未來的他界科學	陳蒼杰譯	220元
6.	世紀末變態心理犯罪檔案	沈永嘉譯	240元
7.	366天開運年鑑	林廷宇編著	230元
8.	色彩學與你	野村順一著	230元
9.	科學手相	淺野八郎著	230元
10.	你也能成為戀愛高手	柯富陽編著	220元
11.	血型與十二星座	許淑瑛編著	230元
12.	動物測驗—人性現形	淺野八郎著	200元
13.	愛情、幸福完全自測	淺野八郎著	200元
14.	輕鬆攻佔女性	趙奕世編著	230元
15.	解讀命運密碼	郭宗德著	200元

·女醫師系列·品冠編號 62

1.	子宮內膜症	國府田清子著	200元
2.	子宮肌瘤	黑島淳子著	200元
3.	上班女性的壓力症候群	池下育子著	200元
4.	漏尿、尿失禁	中田真木著	200元
5.	高齡生產	大鷹美子著	200元
6.	子宮癌	上坊敏子著	200元
7.	避孕	早乙女智子著	200元
8.	不孕症	中村春根著	200元
9.	生理痛與生理不順	堀口雅子著	200元
10.	更年期	野末悅子著	200元

·傳統民俗療法·品冠編號 63

1.	神奇刀療法	潘文雄著	200元

2.	神奇拍打療法	安在峰著	200元
3.	神奇拔罐療法	安在峰著	200元
4.	神奇艾灸療法	安在峰著	200元
5.	神奇貼敷療法	安在峰著	200元
6.	神奇薰洗療法	安在峰著	200元
7.	神奇耳穴療法	安在峰著	200元
8.	神奇指針療法	安在峰著	200元
9.	神奇藥酒療法	安在峰著	200元
10.	神奇藥茶療法	安在峰著	200元

・彩色圖解保健・品冠編號 64

1.	瘦身	主婦之友社	300元
2.	腰痛	主婦之友社	300元
3.	肩膀痠痛	主婦之友社	300元
4.	腰、膝、腳的疼痛	主婦之友社	300元
5.	壓力、精神疲勞	主婦之友社	300元
6.	眼睛疲勞、視力減退	主婦之友社	300元

・心 想 事 成・品冠編號 65

1.	魔法愛情點心	結城莫拉著	120元
2.	可愛手工飾品	結城莫拉著	120元
3.	可愛打扮&髮型	結城莫拉著	120元
4.	撲克牌算命	結城莫拉著	120元

・法律專欄連載・大展編號 58

台大法學院　法律學系／策劃
法律服務社／編著

1.	別讓您的權利睡著了(1)	200元
2.	別讓您的權利睡著了(2)	200元

・武 術 特 輯・大展編號 10

1.	陳式太極拳入門	馮志強編著	180元
2.	武式太極拳	郝少如編著	200元
3.	練功十八法入門	蕭京凌編著	120元
4.	教門長拳	蕭京凌編著	150元
5.	跆拳道	蕭京凌編譯	180元
6.	正傳合氣道	程曉鈴譯	200元
7.	圖解雙節棍	陳銘遠著	150元
8.	格鬥空手道	鄭旭旭編著	200元

9. 實用跆拳道　陳國榮編著　200 元
10. 武術初學指南　李文英、解守德編著　250 元
11. 泰國拳　陳國榮著　180 元
12. 中國式摔跤　黃　斌編著　180 元
13. 太極劍入門　李德印編著　180 元
14. 太極拳運動　運動司編　250 元
15. 太極拳譜　清・王宗岳等著　280 元
16. 散手初學　冷　峰編著　200 元
17. 南拳　朱瑞琪編著　180 元
18. 吳式太極劍　王培生著　200 元
19. 太極拳健身與技擊　王培生著　250 元
20. 秘傳武當八卦掌　狄兆龍著　250 元
21. 太極拳論譚　沈　壽著　250 元
22. 陳式太極拳技擊法　馬　虹著　250 元
23. 二十四式/三十二式 太極 拳/劍　闞桂香著　180 元
24. 楊式秘傳 129 式太極長拳　張楚全著　280 元
25. 楊式太極拳架詳解　林炳堯著　280 元
26. 華佗五禽劍　劉時榮著　180 元
27. 太極拳基礎講座：基本功與簡化 24 式　李德印著　250 元
28. 武式太極拳精華　薛乃印著　200 元
29. 陳式太極拳拳理闡微　馬　虹著　350 元
30. 陳式太極拳體用全書　馬　虹著　400 元
31. 張三豐太極拳　陳占奎著　200 元
32. 中國太極推手　張　山主編　300 元
33. 48 式太極拳入門　門惠豐編著　220 元
34. 太極拳奇人奇功　嚴翰秀編著　250 元
35. 心意門秘籍　李新民編著　220 元
36. 三才門乾坤戊己功　王培生編著　220 元
37. 武式太極劍精華 +VCD　薛乃印編著　350 元
38. 楊式太極拳　傅鐘文演述　200 元
39. 陳式太極拳、劍 36 式　闞桂香編著　250 元

・原地太極拳系列・大展編號 11

1. 原地綜合太極拳 24 式　胡啟賢創編　220 元
2. 原地活步太極拳 42 式　胡啟賢創編　200 元
3. 原地簡化太極拳 24 式　胡啟賢創編　200 元
4. 原地太極拳 12 式　胡啟賢創編　200 元

・名師出高徒・大展編號 111

1. 武術基本功與基本動作　劉玉萍編著　200 元
2. 長拳入門與精進　吳彬　等著　220 元

3. 劍術刀術入門與精進　楊柏龍等著　元
4. 棍術、槍術入門與精進　邱丕相編著　元
5. 南拳入門與精進　朱瑞琪編著　元
6. 散手入門與精進　張　山等著　元
7. 太極拳入門與精進　李德印編著　元
8. 太極推手入門與精進　田金龍編著　元

・道學文化・大展編號 12

1. 道在養生：道教長壽術　郝　勤等著　250 元
2. 龍虎丹道：道教內丹術　郝　勤著　300 元
3. 天上人間：道教神仙譜系　黃德海著　250 元
4. 步罡踏斗：道教祭禮儀典　張澤洪著　250 元
5. 道醫窺秘：道教醫學康復術　王慶餘等著　250 元
6. 勸善成仙：道教生命倫理　李　剛著　250 元
7. 洞天福地：道教宮觀勝境　沙銘壽著　250 元
8. 青詞碧簫：道教文學藝術　楊光文等著　250 元
9. 沈博絕麗：道教格言精粹　朱耕發等著　250 元

・易學智慧・大展編號 122

1. 易學與管理　余敦康主編　250 元
2. 易學與養生　劉長林等著　300 元
3. 易學與美學　劉綱紀等著　300 元
4. 易學與科技　董光壁　著　元
5. 易學與建築　韓增祿　著　元
6. 易學源流　鄭萬耕　著　元
7. 易學的思維　傅雲龍等著　元
8. 周易與易圖　李　申　著　元

・神算大師・大展編號 123

1. 劉伯溫神算兵法　應　涵編著　280 元
2. 姜太公神算兵法　應　涵編著　元
3. 鬼谷子神算兵法　應　涵編著　元
4. 諸葛亮神算兵法　應　涵編著　元

・秘傳占卜系列・大展編號 14

1. 手相術　淺野八郎著　180 元
2. 人相術　淺野八郎著　180 元
3. 西洋占星術　淺野八郎著　180 元
4. 中國神奇占卜　淺野八郎著　150 元

5. 夢判斷　淺野八郎著　150元
6. 前世、來世占卜　淺野八郎著　150元
7. 法國式血型學　淺野八郎著　150元
8. 靈感、符咒學　淺野八郎著　150元
9. 紙牌占卜術　淺野八郎著　150元
10. ESP超能力占卜　淺野八郎著　150元
11. 猶太數的秘術　淺野八郎著　150元
12. 新心理測驗　淺野八郎著　160元
13. 塔羅牌預言秘法　淺野八郎著　200元

・趣味心理講座・大展編號 15

1. 性格測驗①　探索男與女　淺野八郎著　140元
2. 性格測驗②　透視人心奧秘　淺野八郎著　140元
3. 性格測驗③　發現陌生的自己　淺野八郎著　140元
4. 性格測驗④　發現你的真面目　淺野八郎著　140元
5. 性格測驗⑤　讓你們吃驚　淺野八郎著　140元
6. 性格測驗⑥　洞穿心理盲點　淺野八郎著　140元
7. 性格測驗⑦　探索對方心理　淺野八郎著　140元
8. 性格測驗⑧　由吃認識自己　淺野八郎著　160元
9. 性格測驗⑨　戀愛知多少　淺野八郎著　160元
10. 性格測驗⑩　由裝扮瞭解人心　淺野八郎著　160元
11. 性格測驗⑪　敲開內心玄機　淺野八郎著　140元
12. 性格測驗⑫　透視你的未來　淺野八郎著　160元
13. 血型與你的一生　淺野八郎著　160元
14. 趣味推理遊戲　淺野八郎著　160元
15. 行為語言解析　淺野八郎著　160元

・婦幼天地・大展編號 16

1. 八萬人減肥成果　黃靜香譯　180元
2. 三分鐘減肥體操　楊鴻儒譯　150元
3. 窈窕淑女美髮秘訣　柯素娥譯　130元
4. 使妳更迷人　成　玉譯　130元
5. 女性的更年期　官舒妍編譯　160元
6. 胎內育兒法　李玉瓊編譯　150元
7. 早產兒袋鼠式護理　唐岱蘭譯　200元
8. 初次懷孕與生產　婦幼天地編譯組　180元
9. 初次育兒12個月　婦幼天地編譯組　180元
10. 斷乳食與幼兒食　婦幼天地編譯組　180元
11. 培養幼兒能力與性向　婦幼天地編譯組　180元
12. 培養幼兒創造力的玩具與遊戲　婦幼天地編譯組　180元
13. 幼兒的症狀與疾病　婦幼天地編譯組　180元

14.	腿部苗條健美法	婦幼天地編譯組	180元
15.	女性腰痛別忽視	婦幼天地編譯組	150元
16.	舒展身心體操術	李玉瓊編譯	130元
17.	三分鐘臉部體操	趙薇妮著	160元
18.	生動的笑容表情術	趙薇妮著	160元
19.	心曠神怡減肥法	川津祐介著	130元
20.	內衣使妳更美麗	陳玄茹譯	130元
21.	瑜伽美姿美容	黃靜香編著	180元
22.	高雅女性裝扮學	陳珮玲譯	180元
23.	蠶糞肌膚美顏法	坂梨秀子著	160元
24.	認識妳的身體	李玉瓊譯	160元
25.	產後恢復苗條體態	居理安・芙萊喬著	200元
26.	正確護髮美容法	山崎伊久江著	180元
27.	安琪拉美姿養生學	安琪拉蘭斯博瑞著	180元
28.	女體性醫學剖析	增田豐著	220元
29.	懷孕與生產剖析	岡部綾子著	180元
30.	斷奶後的健康育兒	東城百合子著	220元
31.	引出孩子幹勁的責罵藝術	多湖輝著	170元
32.	培養孩子獨立的藝術	多湖輝著	170元
33.	子宮肌瘤與卵巢囊腫	陳秀琳編著	180元
34.	下半身減肥法	納他夏・史達賓著	180元
35.	女性自然美容法	吳雅菁編著	180元
36.	再也不發胖	池園悅太郎著	170元
37.	生男生女控制術	中垣勝裕著	220元
38.	使妳的肌膚更亮麗	楊　皓編著	170元
39.	臉部輪廓變美	芝崎義夫著	180元
40.	斑點、皺紋自己治療	高須克彌著	180元
41.	面皰自己治療	伊藤雄康著	180元
42.	隨心所欲瘦身冥想法	原久子著	180元
43.	胎兒革命	鈴木丈織著	180元
44.	NS磁氣平衡法塑造窈窕奇蹟	古屋和江著	180元
45.	享瘦從腳開始	山田陽子著	180元
46.	小改變瘦4公斤	宮本裕子著	180元
47.	軟管減肥瘦身	高橋輝男著	180元
48.	海藻精神秘美容法	劉名揚編著	180元
49.	肌膚保養與脫毛	鈴木真理著	180元
50.	10天減肥3公斤	彤雲編輯組	180元
51.	穿出自己的品味	西村玲子著	280元
52.	小孩髮型設計	李芳黛譯	250元

・青春天地・大展編號17

1.	A血型與星座	柯素娥編譯	160元
2.	B血型與星座	柯素娥編譯	160元